Comentarios de los niños para
Mary Pope Osborne, autora de la
serie "La casa ~~del árbol~~"

De todos los libros que he le~~ído~~, Annie y Jack son los mejores person~~ajes~~

Me gustan tanto tus libros que quisiera escribir una letra "M" en el piso de mi casa del árbol.
—Nathan W.

La verdad es que adoro tus libros. Cada vez que comienzo uno nuevo no puedo dejar de leerlo hasta que lo termino. —Pam W.

Quiero tanto tus libros que deseo tenerlos guardados en una caja fuerte para que nadie pueda encontrarlos. —Danny A.

Me agradan mucho tus libros. ¡Pero que mucho!
—Johanna S.

Adoro tus libros. Pienso tanto en ellos que cuando me voy a dormir sueño que estoy con Annie y Jack. ¡Qué divertidas son las aventuras, jamás me han dado pesadillas! —Joan P.

Ojalá pudiera pasarme la vida leyendo las aventuras de "La casa del árbol". —Juliette S.

En la biblioteca sólo me permiten sacar dos libros y, por supuesto, siempre son de tu colección. —Max B.

¡Los bibliotecarios y los maestros también están encantados con la colección!

En el aula, todos están entusiasmados con la serie "La casa del árbol". Leemos tan rápido cada cuento que a menudo tenemos que esperar hasta que salga otro. —K. Mahanes

Utilizamos los libros de "La casa del árbol" para la lectura en grupo, en silencio y el aprendizaje en grupo. Gracias a esta colección, mis alumnos han visitado el mundo entero. —M. Woodson

Las aventuras de "La casa del árbol" han sido un factor de motivación para desarrollar en los estudiantes el hábito de la lectura y de la escritura. —B. Rosen

En la biblioteca de nuestro colegio, los libros de esta colección son los más solicitados. El estante de "La casa del árbol" está casi siempre vacío. El único problema de esta serie de aventuras es que no hay suficientes libros. ¡Señora Osborne, por favor, continúe escribiendo! —J. Landsteiner

Nos divertimos mucho leyendo "La casa del árbol". Annie y Jack ya son como de la familia. —K. Moore

Usted debería haber estado en mi clase cuando mis alumnos se enteraron de que había cuatro libros más en la colección. Todos se pusieron de pie para festejarlo. —C. Garrison

Mis alumnos eligen los libros de "La casa del árbol" para leerlos en su tiempo libre. ¿Qué mejor cumplido que éste? —N. Ruud

Sus libros se han vuelto tan populares en nuestro colegio que apenas duran unos segundos en los estantes de la biblioteca. —C. Dailey

Estimados lectores:

Imaginen una época en el continente europeo, más de mil años atrás, cuando cada libro debía escribirse a mano sobre cueros de animales y los escritores tenían que fabricar la tinta y los colores a base de plantas y minerales. A pesar de estas limitaciones, los monjes cristianos de Europa, en especial los de Irlanda, crearon bellísimos manuscritos que son algunos de los libros más maravillosos que el mundo ha visto.

Ahora imaginen navíos de guerra capaces de atravesar los mares más desafiantes, las tormentas más feroces y desembarcar en las costas más rocosas. Los vikingos de la península escandinava construyeron estos navíos a mano; eran las embarcaciones más elegantes de la época.

En los últimos años he tenido la oportunidad de ver estos increíbles manuscritos en el Museo Británico de la ciudad de Londres. Y, también, pude ver los navíos vikingos en el Museo de Barcos Vikingos, en la ciudad de Oslo, en Noruega. Desde entonces, he deseado escribir acerca de estas dos maravillas. Finalmente, este libro me ha permitido hacerlo.

Espero que ustedes lo disfruten tanto como yo.

Les desea lo mejor,

Mary Pope Osborne

Barcos vikingos
al amanecer

Mary Pope Osborne

Ilustrado por Sal Murdocca

Traducido por Marcela Brovelli

PUBLICATIONS INC

Para Benjamin Dicker

BARCOS VIKINGOS AL AMANECER

Spanish translation copyright © 2007 by Lectorum Publications, Inc.
Originally published in English under the title
VIKING SHIPS AT SUNRISE
Text copyright © 1998 by Mary Pope Osborne
Illustrations copyright © 1998 by Sal Murdocca

This translation published by arrangement with Random House Children's Books,
a division of Random House, Inc.

MAGIC TREE HOUSE ®
is a registered trademark of Mary Pope Osborne; used under license.

ISBN-13: 978-1-933032-21-4
ISBN-10: 1-933032-21-9

Printed in the U.S.A.

10 9 8 7 6 5 4

Library of Congress Cataloging in Publication data is available.

ÍNDICE

Barcos vikingos al amanecer

1

Antes del amanecer

Jack abrió los ojos.

Un fino destello de color gris se coló por la ventana. Según su reloj eran las cinco de la madrugada. Todo estaba tranquilo.

"Hoy viajaremos más de mil años atrás para visitar Irlanda", pensó.

Morgana le Fay le había dicho que sería una misión muy peligrosa, con invasiones vikingas sobre la costa.

—¿Estás despierto? —se oyó un susurro.

Annie estaba junto a la puerta de la habitación de Jack. Lista para salir.

—Sí. Te veré abajo —respondió él, mientras se levantaba de la cama.

Se puso los pantalones vaqueros, una camiseta y las zapatillas. Guardó el lápiz, el cuaderno y la tarjeta secreta de bibliotecario en la mochila. Luego, bajó rápidamente por la escalera.

Annie lo esperaba en el patio.

El aire se sentía húmedo y denso por la intensa bruma.

—¿Estás listo? —preguntó Annie.

—Creo que sí —respondió Jack, un poco preocupado por los vikingos.

Ambos caminaron en silencio por el césped cubierto de rocío. Luego, corrieron calle arriba hacia el bosque de Frog Creek.

Allí, con la vegetación envuelta por la bruma, todo se veía más oscuro.

—¡Casi no se puede ver nada! —dijo Jack.

—¿Dónde está la casa del árbol? —preguntó Annie.

—No tengo idea —respondió su hermano.

Justo en ese instante, algo cayó delante de ellos.

—*¡Cuidado!* —gritó Jack, mientras se cubría la cabeza.

—¡Es la escalera! —gritó Annie.

Jack abrió los ojos.

La escalera de soga colgaba de la casa del árbol y se mecía de un lado a otro.

Jack miró hacia arriba. Una espesa nube de bruma cubría la pequeña casa de madera.

—¡Vamos! —dijo Annie.

Se agarró de la escalera y comenzó a subir.

Jack la seguía un poco más atrás.

—¡Hola! Me alegra verlos otra vez —exclamó Morgana sentada en una esquina de la pequeña casa.

A sus pies, tenía el papiro que Annie y Jack habían rescatado en la época de los romanos y el libro de caña de bambú de la antigua China.

—Estoy tan contento de verte —dijo Jack.

—Y yo también —agregó Annie.

—Qué bueno que hayan venido temprano —comentó Morgana.

Y de entre los pliegues de la túnica sacó una hoja de papel.

—Éste es el relato antiguo que deben rescatar hoy —explicó.

Morgana le entregó la hoja a Jack; tenía dos palabras escritas:

erpens Magna

La enigmática escritura le recordó a Jack la forma de escribir de los antiguos ciudadanos de Pompeya.

—Esto parece latín —comentó.

—¡Muy bien! —exclamó Morgana—. *Es* latín.

—Pero yo creí que sólo en el Imperio Romano hablaban en latín —irrumpió Annie—. ¿No vamos a ir a Irlanda?

—¡Por supuesto que sí! —afirmó Morgana—. Lo que sucede es que durante La Alta Edad Media, conocida como Edades Oscuras, la gente instruida escribía en latín.

—¿Edades Oscuras? —preguntó Jack.

—Sí —respondió Morgana—. Me refiero a la época posterior a la caída del Imperio Romano.

—¿Por qué le dicen Edades Oscuras? —preguntó Jack.

—Fue un período muy difícil de la historia —explicó Morgana—. La gente tenía que trabajar muy duro tan sólo para comer y vestirse. Casi no había tiempo para jugar, aprender o dedicarse al arte o a la música.

Luego, de uno de los pliegues de la túnica, Morgana sacó un libro.

—Éste es el libro que les servirá para investigar —agregó—. El título decía: *Irlanda en el pasado*.

—Recuerden —insistió Morgana—. Este libro les servirá de guía. Pero, sólo en el momento más peligroso...

—¡Sólo el relato extraviado podrá salvarnos! —agregaron Annie y Jack a la vez.

—Y recuerden esto también —insistió Morgana—. El momento *más peligroso* habrá llegado cuando piensen que ya no hay salida.

Si piden ayuda demasiado pronto estarán perdidos.

—Pero *primero* debemos encontrar el relato —insistió Annie.

—Tienes razón —afirmó Morgana—. ¿Tienen sus tarjetas secretas?

—Annie y Jack asintieron con la cabeza.

—Bueno, muéstrenselas a la persona más sabia que encuentren —sugirió Morgana.

—Descuida —contestó Annnie—. Creo que ahora sí estamos listos.

Y, de inmediato, señaló la tapa del libro de Irlanda.

—¡Queremos ir a este lugar! —dijo, mientras saludaba a Morgana—. Nos veremos pronto —le dijo.

—¡Buena suerte! —agregó Morgana.

El viento comenzó a soplar.

La casa del árbol comenzó a girar.

Más y más rápido cada vez.

Después, todo quedó en silencio.

Un silencio absoluto.

2

Cuesta arriba

Jack abrió los ojos.

La luz aún era de color gris, pero el aire se sentía todavía más frío y húmedo que en el bosque de Frog Creek.

—¡Guau! ¡Mira qué vestido tan largo! —dijo Annie—. La tela me da un poco de picazón. ¡Eh, mira Jack, tengo un monedero en el cinto! Y adentro está mi tarjeta secreta.

Jack echó un vistazo a su ropa.

Llevaba puesta una camisa, pantalones de

lana muy gruesa y un calzado similar a un par de pantuflas de cuero. Y en lugar de una mochila, llevaba un bolso también de cuero.

—¡Guau! —exclamó Annie, asomada a la ventana—. Esto sí que parece las Edades Oscuras.

Jack miró por la ventana. No podía ver nada por la espesa niebla.

—Lo que sucede es que todavía no ha salido el sol. Será mejor que busque en el libro —comentó.

Annie le dio el libro de Irlanda a su hermano.

Luego, Jack leyó en voz alta:

El comienzo de la Edad Media se conoció con el nombre de Edades Oscuras debido a que en el continente europeo la cultura y el conocimiento estuvieron a punto de desaparecer. Los historiadores de hoy valoran el coraje

de los monjes irlandeses. Gracias a ellos
la civilización occidental logró sobrevivir.

—¿Qué significan las palabras *monje* y *civilización*? —preguntó Annie.

—Creo que una civilización se forma cuando el pueblo tiene arte, literatura y buenas costumbres —explicó Jack—. Y los monjes son personas religiosas que pasan el tiempo rezando, leyendo y ayudando a sus semejantes.

—Bueno, la verdad es que aquí afuera no se ve ningún monje y tampoco ninguna civilización —afirmó Annie, señalando hacia lo lejos.

Jack anotó en su cuaderno:

Monjes valientes en Irlanda

Luego, Jack miró a su hermana y agregó:

—Si damos con la civilización encontraremos lo que vinimos a buscar.

—¡En marcha! —sugirió Annie. Se levantó la falda y atravesó la ventana.

Jack continuó leyendo el libro de Irlanda:

Los monjes transcribieron los escritos antiguos del mundo occidental. Antes de que se inventara la imprenta, todos los libros se escribían a mano.

—¡Eh, estamos en un acantilado! —comentó Annie desde afuera—. ¡El océano está allí abajo!

—¡Ten cuidado! —dijo Jack.

Enseguida guardó el cuaderno y el libro de Irlanda en el bolso de cuero y salió por la ventana.

Annie miraba hacia abajo. Jack se paró junto a ella.

Veinte pies más abajo, se extendía una playa rocosa, con olas gigantes que rompían contra el acantilado. Decenas y decenas de gaviotas planeaban sobre el agua.

—Creo que *ahí* abajo no hay ninguna civilización —comentó Jack.

—Tal vez tendríamos que trepar por ahí —sugirió Annie, señalando unos escalones escarpados tallados en la roca.

Jack miró hacia arriba. Por encima de su cabeza, entre la niebla, se extendía otra porción del acantilado.

—Será mejor que esperemos hasta que salga el sol —dijo.

—Subamos bien despacio —insistió Annie, mientras ascendía por los escalones de piedra.

—¡Espera, Annie! —dijo Jack—. Podrías resbalarte.

—¡Uf! —exclamó Annie—. Casi me tropiezo por culpa de este vestido.

—¡Te dije que *esperaras*! ¡Es muy peligroso! —insistió Jack.

Justo en ese instante algo cayó delante de ellos.

—¡Cuidado! —exclamó Jack cubriéndose la cabeza con las manos.

—¡Es una cuerda! —dijo Annie.

Jack vio una gruesa cuerda que se mecía a lo largo de la escalera.

—¿De dónde viene esto? —preguntó.

—¿Recuerdas cuando Morgana tiró la escalera de soga para que nosotros subiéramos a la casa del árbol? —preguntó Annie—. Me temo que alguien trata de ayudarnos.

—Sí. Pero... ¿quién? —preguntó Jack.

—Vamos a averiguarlo —contestó Annie

mientras se agarraba de la cuerda—. Yo subiré primero. Cuando llegue a la cima, tú me seguirás.

—Muy bien. Pero date prisa. ¡Y ten mucho cuidado! —dijo Jack mientras observaba a su hermana.

Annie se agarró fuertemente de la cuerda para subir por los escalones. Pronto, su silueta se esfumó en lo alto del acantilado.

—¿Qué hay allí? —preguntó Jack. Pero su voz se perdió con el sonido de las olas.

Luego se agarró de la cuerda y comenzó a trepar por la escalera de piedra hasta que se abalanzó sobre la cima de un salto.

—¡Ajá! —exclamó una voz ronca—. ¡Aquí tenemos otro pequeño invasor!

3

Hermano Patrick

Los lentes de Jack estaban húmedos por la niebla. Los secó rápidamente y miró hacia arriba.

Delante de sus ojos vio a un hombre vestido con una túnica de color marrón. El hombre era calvo pero tenía un corto flequillo alrededor de la cabeza.

Cerca de ellos, la cuerda quedó amarrada a uno de los árboles.

—¡Y-Yo no soy ningún invasor! —exclamó Jack.

—¡Él es *Jack*! Yo soy Annie. Somos de Frog Creek, Pensilvania.

—¡Ve-Venimos en son de paz! —tartamudeó Jack.

Los ojos azules del hombre brillaron intensamente.

—Quería ver qué ocurría ahí abajo, fue por eso que arrojé la soga para bajar. Pero *ustedes* la agarraron primero. ¿Cómo diablos llegaron a esta isla?

Jack se quedó mirando al hombre fijamente. No sabía cómo explicar lo de la casa del árbol.

—Vinimos en nuestro bote —dijo Annie.

El hombre pareció confundido.

—No es muy común ver botes por aquí a esta hora, cuando todo está muy oscuro —contestó él.

—Bueno, la verdad es que somos excelentes navegantes —explicó Annie.

"*¡Uy, cielos!*", pensó Jack, rogando que sus habilidades como marinos no fueran puestas a prueba.

—¿Dónde estamos exactamente? —preguntó Annie—. Y… ¿quién es usted?

—Estamos en una isla, en frente de la costa de Irlanda —explicó el hombre—. Y yo soy el hermano Patrick.

—¿De quién eres hermano? —preguntó Annie.

El hombre sonrió.

—Soy un monje cristiano. Por esta razón me llaman hermano —agregó.

—¡Oh, usted es uno de los monjes salvadores de la civilización! —afirmó Annie.

El hombre volvió a sonreír.

Annie se volvió hacia su hermano y susurró:

—Mostrémosle nuestras tarjetas secretas.

Yo confío en él.

—Está bien —contestó Jack, decidido a confiar también.

Annie y su hermano tomaron las tarjetas y se las mostraron al hermano Patrick.

Las letras *MB*; *"Maestros Bibliotecarios"* brillaron con el resplandor de la luz gris.

El monje contempló las tarjetas y bajó la mirada.

—¡Bienvenidos, mis amigos! —dijo.

—¡Muchas gracias! —respondieron Annie y Jack a la vez.

—En realidad nunca pensé que ustedes fueran invasores —dijo el hermano Patrick—. Sólo que en nuestra isla todos estamos alerta ante las invasiones.

—¿Por qué? —preguntó Annie.

—Existen terribles relatos acerca de los

ataques vikingos —explicó—. Cada vez que divisamos alguna cabeza de serpiente nos ocultamos para evitar que nos tomen como prisioneros.

—¿Cabeza de serpiente? —preguntó Jack.

—Por lo general, las proas de los barcos vikingos tienen forma de cabeza de serpiente —comentó el hermano Patrick—. Me temo que esto tiene que ver con la sangre fría y las costumbres bárbaras de ellos.

Jack contempló el mar gris y brumoso.

—No se preocupen. Los vikingos no pueden llegar a esta isla durante la noche. Ellos no son tan buenos navegantes como ciertas personas —agregó el hermano Patrick, guiñándole un ojo a Annie.

—Lo lamento por ellos —dijo ella con una mirada pícara.

—Pero... cuéntenme. ¿Por qué razón están aquí? —preguntó el hermano Patrick.

—¡Oh! ¡Casi me olvido! —dijo Jack.

Y sacó del bolso la hoja de papel que Morgana

le había dado. Jack le mostró las palabras en latín al monje.

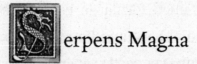

erpens Magna

—Éste es el título de un viejo relato que debemos llevarle a nuestra amiga y maestra, Morgana le Fay —comentó Annie.

—Comprendo… —El hermano Patrick miró a Annie y a Jack con ojos misteriosos.

"*¿Qué estará pensando?*", se preguntó Jack.

Pero, de pronto, el monje cambió de tema.

—Creo que a ustedes les encantaría visitar nuestro monasterio —dijo el hermano Patrick.

—¿Qué es un *monasterio*? —preguntó Annie.

—Es el sitio donde los monjes trabajamos y vivimos. ¡Vengan conmigo! —dijo el hermano Patrick.

—Pero todavía no ha salido el sol. Tal vez algunos monjes estén durmiendo —agregó Jack.

—¡Oh, por supuesto que no! —respondió el hermano Patrick—. Durante el verano, todos nos levantamos mucho antes del amanecer. Tenemos mucho que hacer. Ya lo verán.

El monje guió a Annie y a su hermano por el camino de tierra. Jack tenía la esperanza de que el libro que habían ido a buscar estuviera en el monasterio. Quería abandonar la tenebrosa isla con la amenaza de ataques vikingos lo antes posible.

De repente, se oyó el sonido tenue de una campana. A lo lejos, Jack divisó la cúpula de una iglesia solitaria enmarcada por un cielo de color gris.

4

Libros prodigiosos

El monasterio estaba rodeado por una muralla de piedra.

El hermano Patrick condujo a Annie y a Jack a través de la entrada. Más allá de la puerta principal había una pequeña iglesia; del techo colgaba una campana.

También se veía una huerta y seis pequeñas casas de piedra construidas en forma de colmenas.

—Nosotros producimos nuestra propia

comida —comentó el hermano Patrick—. Cultivamos zanahorias, nabos, espinaca, trigo y frijoles.

Luego, el monje condujo a Annie y a Jack hacia la entrada de la primera casa. Los niños echaron un rápido vistazo: junto a un pequeño horno de barro había un monje sacando unos delgados discos de pan.

—Ésta es nuestra panadería —explicó el hermano Patrick.

—¡Qué bien huele! —exclamó Annie de repente.

—Vengan conmigo —dijo el hermano Patrick.

—Allí están nuestras habitaciones —agregó, señalando una construcción situada a unos pies de distancia. Y, así, continuó describiendo cada pequeña casa, a medida que pasaban junto a ellas.

—Ahí es donde hilamos el hilo para hacer nuestra ropa. Aquí reparamos nuestras sandalias y allí fabricamos nuestras herramientas de madera.

Annie y Jack notaron que en cada una de las casas de piedra había varios monjes. Todos estaban muy ocupados hilando, reparando calzado o fabricando distintas herramientas de madera.

Finalmente, el hermano Patrick llegó a la casa más grande.

—He dejado la mejor para el final —dijo.

—Aquí es donde llevamos a cabo nuestro trabajo más importante —agregó.

Luego, el monje entró en la casa.

Annie y Jack entraron detrás de él.

En el interior de la construcción, el aire se sentía cálido y todo respiraba tranquilidad.

Decenas de candelabros eran testigos de una magnífica tarea.

Alrededor de una mesa de madera había varios monjes sentados. Unos leían, otros jugaban al ajedrez. Y otros, los mejores de todos, escribían e ilustraban libros.

—Ésta es nuestra biblioteca —dijo el hermano Patrick.

—Aquí estudiamos matemática, historia y poesía. Jugamos al ajedrez. Y escribimos nuestros libros.

—¡Jack! ¡Creo que estamos en el lugar indicado! —afirmó Annie.

—¿Qué dices? —preguntó Jack, intrigado.

—¡*Civilización!* —insistió Annie.

El hermano Patrick se rió.

—¡Sí! ¡Aquí es donde se esconde la civilización! —afirmó—. En la cima de nuestra solitaria isla.

—¡Oh, cielos! ¡Me encanta este lugar!
—exclamó Jack.

—¿Qué clase de libros escriben aquí?
—preguntó Annie.

—Libros prodigiosos. Aquí nos encargamos
de recrear relatos cristianos y todos los viejos
mitos de la tierra de Irlanda —explicó el
hermano Patrick.

—¿Mitos? —preguntó Jack.

—Así es. Son relatos transmitidos por nuestras contadoras de historias; las ancianas que cantan sus cuentos nacidos hace mucho tiempo, cuando la gente aún creía en la magia.

—¡Increíble! —exclamó Annie.

—Vengan —dijo el hermano Patrick—. Observen el libro del hermano Michael; ha estado trabajando en él toda su vida.

El hermano Patrick condujo a Annie y a Jack hacia el monje; un hombre muy anciano, que pintaba de azul el borde de una de las páginas de un libro.

—Michael, ellos son Maestros Bibliotecarios, vienen de una tierra lejana y les agradaría mucho ver tu trabajo —comentó el hermano Patrick.

El anciano alzó la vista y observó a los niños. De pronto, el rostro arrugado del hermano Michael se iluminó con una sonrisa.

—Bienvenidos —dijo con voz suave y temblorosa.

—¡Hola! —contestó Annie.

El hermano Michael les mostró la tapa del libro; estaba decorada con piedras preciosas de color azul y rojo.

Luego, les mostró el interior del libro. Cada página estaba escrita con letras exóticas, coloreadas con verde, azul y dorado.

—¡Ojalá pudiera pintar así! —dijo Annie.

—¡Qué bello! —exclamó Jack.

—¡Muchas gracias! —dijo el hermano Michael.

—¿Cómo se hace un libro tan bonito? —preguntó Annie.

—Escribo con pluma de ganso sobre cuero de oveja. Mis pinturas están hechas a base de tierra y fibra vegetal —explicó el hermano Michael.

—¡Guau! —exclamó Annie.

—Muéstrenle al hermano Michael lo que buscan —sugirió el hermano Patrick.

—¡Ah, buena idea! —respondió Jack. Y sacó la hoja de papel que le había entregado Morgana.

El hermano Michael inclinó la cabeza.

—Sí —afirmó con una sonrisa—. Sé de qué se trata. Conozco muy bien ese relato.

El hermano Michael volteó la página con el reborde de color azul, el que acababa de pintar, y señaló la parte superior de la página.

—¡Oh, cielos! —susurró Jack.

El título decía:

erpens Magna

5

Barcos guerreros

—¡Encontramos el relato! —dijo Jack.

—¡Genial! —exclamó Annie.

—¡Así es! —agregó el hermano Patrick—. Pero, un momento, el hermano Michael no ha concluido aún con su obra. Tendrán que regresar más adelante.

—¡Oh, no! —exclamó Annie.

Al igual que su hermana, Jack también estaba decepcionado.

—Tal vez no podamos regresar —agregó.

—Me temo que no podemos marcharnos sin el libro —comentó Annie.

El hermano Patrick no podía comprender.

Annie y Jack se miraron y luego volvieron la vista al hermano Patrick. Era muy difícil explicar cómo actuaba la magia de la casa del árbol.

Jack se encogió de hombros:

—Bueno, lo intentaremos —agregó.

Afuera, la campana volvió a sonar.

—Es hora de rezar, ya ha amanecido. ¿Quieren acompañarnos? —preguntó el hermano Patrick.

—Gracias. Será mejor que regresemos a casa —contestó Jack.

El hermano Patrick inclinó la cabeza y acompañó a los niños al jardín. Cuando abrió la puerta de la entrada, los tres se detuvieron.

Desde allí, el horizonte se veía de color rosa y violeta. El sol comenzaba a asomarse.

Un silencio profundo fue también testigo a medida que la enorme esfera de vívidos colores se elevaba sobre la lejana línea del horizonte.

Finalmente, la voz del hermano Patrick se oyó primero:

—¡Brilla, bendita luz del sol! ¡En este día glorioso!

—¡Qué hermoso! —exclamó Annie.

Jack sonrió. Coincidía plenamente con su hermana.

El hermano Patrick se volvió hacia ellos.

—Con paisajes como éste se nutre nuestra inspiración para escribir libros —dijo—. Ahora regresen a casa y que Dios los acompañe en su travesía.

—Gracias —respondió Jack.

—¿Necesitan que los guíe hasta su bote? —preguntó el hermano Patrick.

—No es necesario —contestó Jack.

—Sigan por el sendero, hacia la cima del acantilado. Luego usen la cuerda para descender por los escalones —agregó el monje.

—Así lo haremos. ¡Adiós! —dijo Annie, y atravesó la salida.

Jack quería regresar a su casa pero, a su vez, odiaba la idea de abandonar el monasterio. Aquel sitio estaba lleno de gente experta en las cosas que él adoraba: la lectura y el conocimiento.

—Me encanta este lugar —le dijo al hermano Patrick.

—Me agradan tus palabras. Pero ya es hora de que se marchen, deben aprovechar el buen clima —agregó el monje—. *En esta isla todo puede cambiar en un instante.*

Luego, el hermano Patrick regresó a la iglesia.

Jack atravesó la puerta rápidamente, pero antes de alejarse demasiado, sacó el cuaderno para hacer algunos apuntes:

<u>Cómo escribir un libro</u>

cuero de oveja

pluma de ganso

pinturas

<u>Cómo fabricar pintura</u>

tierra

fibra vegetal

—¡Vamos! ¡Apúrate! —gritó Annie desde lo alto de los escalones.

—¡Ya voy! —respondió Jack.

Guardó el cuaderno y corrió por el sendero de tierra hacia el borde del acantilado.

Por encima de su cabeza una bandada de gaviotas surcaba el cielo de color rosa, dejando oír sus chillidos desgarradores como gritos humanos.

—¿Qué les sucede? —preguntó Jack.

—Tal vez siempre se comportan así al amanecer —comentó Annie—. Déjame a mí primero.

Annie se agarró de la cuerda y comenzó a descender por los escalones de piedra.

Luego, Jack bajó detrás de su hermana, sintiendo el chillido de las gaviotas sobre su cabeza como una advertencia.

Al llegar a la saliente del acantilado soltó la cuerda.

—¡Es hora de irnos! —dijo Annie desde de la casa del árbol.

Jack contempló el horizonte por última vez.

De pronto, su corazón casi se detuvo. A lo lejos, como dibujado entre el cielo y el mar, Jack divisó un barco. Detrás de éste venían dos barcos más pequeños.

Cuando las embarcaciones se hicieron más visibles, sus radiantes velas se hincharon con el viento y sus proas, con forma de serpiente, brillaron con el reflejo del sol.

—¡Oh, no! —susurró Jack—. *¡Vikingos!*

6

¡Vikingos a la vista!

—¡Annie! —gritó Jack—. ¡Vienen los vikingos!

Annie se asomó a la ventana.

—¿Qué dices? —preguntó.

—Los barcos de los vikingos vienen directo hacia la isla —dijo Jack.

Y se volvió hacia la escalera de piedra.

—¿Adónde vas? —gritó Annie.

—¡Voy a prevenir a los monjes! —respondió Jack.

—¡Yo iré contigo! —gritó Annie otra vez, atravesando rápidamente la ventana.

—¡Vamos, apúrate! —dijo Jack, al tiempo que avanzaba por la escalera ayudándose con las manos; tenía tanta prisa que ni siquiera quería usar la cuerda.

Mientras ambos trepaban por el frente del acantilado, las nubes comenzaron a tapar el sol. Cuando Annie y su hermano llegaron a la cima, los barcos vikingos quedaron ocultos detrás de la niebla.

—¡Corre! —dijo Annie en voz alta.

En un instante la isla quedó teñida de blanco. Annie y Jack casi no podían ver el sendero que debía conducirlos al monasterio.

Cuando por fin lograron llegar, el nebuloso templo estaba desolado.

—¡Barcos vikingos! —gritó Jack.

—¡Los monjes están rezando todavía! —agregó Annie y, sin perder tiempo, se colgó de la cuerda de la campana.

¡Tolón! ¡Tolón!

De pronto, el hermano Patrick y el resto de los monjes salieron de la iglesia.

—¡Vienen los vikingos! —gritó Jack.

—¡Dense prisa! —le dijo a los demás monjes—. Junten los libros y ocúltense.

—Tenemos un escondite secreto; una cueva al otro lado de la isla. Si lo desean pueden venir con nosotros, pero no puedo asegurarles que van a estar a salvo —dijo el hermano Patrick.

—No se preocupe. Trataremos de regresar a casa —contestó Jack.

—No bajen por la escalera de piedra. Los vikingos subirán por ahí —advirtió el hermano Patrick.

—¿Entonces cómo haremos para bajar? —preguntó Jack.

—Vayan por *allí* —sugirió el hermano Patrick—. Sobre el borde del acantilado hay dos piedras bien grandes. El sendero que hay en el medio los conducirá a la costa.

—¡Tengan mucho cuidado! —agregó el hermano Patrick.

—¡Esperen! —dijo una voz suave.

Era el hermano Michael; quería entregarles el libro de historias irlandesas.

—¡Tómalo! —le dijo a Jack.

—¿Está seguro? —preguntó Jack—. Sabía que el hermano Michael estaba por desprenderse de toda una vida de trabajo.

—Por favor —dijo el monje—. Prefiero que el mundo entero conozca al menos algo de este manuscrito. Por si acaso...

—Cuidaremos muy bien de su libro —dijo Jack—. Y colocó el bello texto dentro del bolso de cuero.

—¡Buena suerte! —dijo Annie, despidiéndose.

7

Niebla

Aún podía oírse el chillido de las gaviotas.

Jack casi no podía ver el empinado sendero que los llevaría a la costa; la niebla era muy intensa.

—Camina despacio —balbuceó, cuando comenzaron a descender.

—¡Uy! —exclamó Annie. Al resbalarse cayó hacia delante contra su hermano—: Me enredé con mi estúpido vestido.

—¡Shhhh! —exclamó Jack.

Abrazó a su hermana y, juntos, escucharon el sonido de las piedras rodando cuesta abajo por el acantilado.

Jack respiró hondo.

—Tenemos que estar atentos por si aparecen los vikingos —murmuró.

Ambos reanudaron el escarpado descenso; un paso a la vez. El sonido de las olas contra las rocas se oía cada vez con más fuerza.

Finalmente, Annie y Jack se detuvieron sobre una franja llana de canto rodado.

—¿Dónde estamos? —preguntó Annie, en voz muy baja.

—No lo sé —respondió Jack.

—¡Oh, mira! —dijo Annie, señalando la costa.

El telón espeso de la niebla dejó ver de pronto las proas con forma de serpiente de los barcos vikingos.

Muy lentamente, ambos se acercaron a las embarcaciones. Las velas estaban recogidas. Cada barco estaba amarrado a una gigantesca roca de bordes bien escalonados. Y, al parecer, no había nadie a bordo.

Jack tenía muchos deseos de inspeccionar los barcos, pero no quería perder tiempo.

—Será mejor que busquemos la casa del árbol —le dijo a su hermana.

Y, así, sin hacer ruido comenzaron a alejarse de las embarcaciones vikingas.

Sin embargo, de repente, ambos se quedaron tiesos como dos estatuas.

En medio de la niebla, divisaron un grupo de guerreros vikingos. Todos estaban de pie, observando la cima del acantilado.

Sus cabellos largos y rubios asomaban por debajo de los yelmos de hierro. Todos llevaban

espadas, hachas y escudos redondos hechos de
madera.

—Parece que planean subir por el acantilado
—susurró Annie.

—¡Tenemos que escondernos hasta que se vayan! —dijo Jack—. Después buscaremos la casa del árbol.

—¡Escondámonos en uno de los barcos! —sugirió Annie.

—Es una buena idea —agregó Jack.

Ambos se acercaron sigilosamente a las embarcaciones.

Jack estaba feliz porque las caras laterales del barco más pequeño eran muy bajas. No sería difícil subir.

—Primero sube tú —dijo Annie.

Jack avanzó muy despacio por el agua poco profunda; estaba muy fría.

Luego, al llegar a uno de los barcos saltó sobre la cubierta y éste se tambaleó. Jack miró hacia la costa; ahora se encontraba a casi treinta pies de distancia. La cuerda que hacía de ancla se tensó de pronto. La cabeza de serpiente, mecida por el mar se movía de arriba hacia abajo.

Con la niebla y el movimiento del barco Jack sintió que estaba en medio de un sueño. Por un instante, se olvidó de su temor por los vikingos.

—¡Esto es genial! —exclamó—. ¡Ven, Annie!

De inmediato, ella comenzó a avanzar por el agua hacia Jack. Pero...

—¡Annie! —Jack la llamó en voz alta. Su hermana había desaparecido.

De repente, Annie se asomó a la superficie y comenzó a dar manotazos en el agua.

—¡E-Está muy hondo aquí! —tartamudeó—. ¡El vestido pesa demasiado!

—¡Sujétate a la cuerda! ¡Haz como cuando subíamos por el acantilado! —sugirió Jack.

Annie avanzó por el agua agarrándose de la cuerda, mientras ésta, amarrada a la costa, soportaba su peso.

—¡Agárrate bien fuerte! —gritó Jack.

—¡Es lo que hago! —contestó Annie, con un hilo de voz.

Annie continuó avanzando hacia el barco, colocando una mano primero y la otra después, sujetándose con todas sus fuerzas de la cuerda.

Cuando se acercó al barco, Jack se preparó para ayudarla a subir. Mientras hacía fuerza para subir a su hermana el costado del barco se hundió del todo.

Después la cuerda se soltó, y el barco vikingo comenzó a navegar mar adentro.

8

Perdidos en el mar

Annie cayó sobre la cubierta.

Jack sacó la soga fuera del agua.

Uno de los extremos todavía tenía un nudo.

—¿Qué pasó? —preguntó Annie.

—Creo que con el forcejeo el barco se soltó. Ya estamos muy lejos de la costa.

Annie se levantó del suelo y fijó la mirada en la densa cortina de niebla.

—No puedo ver la isla —dijo.

—Yo no veo *nada* —agregó Jack.

Annie miró a su hermano.

—¿Estaremos en el momento más peligroso?
—preguntó Annie.

—No lo sé —respondió Jack—. Tal vez encuentre la respuesta en el libro.

Tomó el libro guía y se detuvo en una página que tenía un barco vikingo. Luego leyó en voz alta:

Las embarcaciones vikingas eran las mejores de la época. Cuando no había viento, la tripulación recogía las velas para navegar con remos. Los barcos más pequeños solían llevar cuatro remadores, mientras que los más grandes, llegaban a tener hasta treinta y dos. Para remar, éstos se sentaban sobre cajones, en los que guardaban sus pertenencias.

—¡Fabuloso! —exclamó Annnie dando un salto—. Todavía no *ha llegado* nuestro momento más peligroso.

—¿Por qué lo dices? —preguntó Jack.

—Aún nos queda una esperanza —agregó Annie—. Podemos remar hacia el otro lado de la isla y buscar la casa del árbol.

—¿Te has vuelto loca? —preguntó Jack.

—¡Por favor, Jack! ¡Al menos debemos intentarlo! —suplicó Annie.

Y tomó uno de los remos. Era tan pesado que casi no podía moverlo.

—¡Olvídalo Annie! ¡Se necesitan cuatro vikingos para mover esta cosa! Tú eres *demasiado* pequeña y yo *también* —musitó Jack.

—¡Vamos, Jack! ¡Por favor, inténtalo! —insistió Annie—. Anda, toma uno de los remos. Sentémonos sobre las cajas, uno enfrente del otro.

—¡Oh, cielos! —exclamó Jack.

Annie arrastró su gran remo hacia la caja de madera.

—¡No puedo hacerlo yo sola, Jack!

Él se quejó en voz alta y agarró otro remo.

—¡Muy bien! —exclamó Annie, mientras revisaba el contenido de uno de los cajones—. ¡Mira, Jack, hay uno para cada uno!

Annie sacó dos pequeños yelmos de hierro.

—Tal vez fueron hechos para los hijos de los vikingos, cuando acompañaban a sus padres en las travesías —comentó Annie.

—Puede ser —agregó Jack.

No había pensado que los vikingos eran gente común y corriente, con familia e hijos pequeños.

Annie se quitó la bufanda y se colocó el yelmo de hierro.

—¡Ya me siento como un vikingo! ¡Seguro que esto me ayudará a remar mejor! —comentó.

Annie le dio un yelmo a su hermano. Jack se lo colocó de inmediato. Y al hacerlo, también, se sintió un poco diferente.

—¡Qué raro! —dijo. El yelmo no era tan pesado como el que había usado en la época de los castillos y los caballeros, pero aun así, pesaba.

—Bueno, con el yelmo puesto me siento más *valiente* —dijo Annie.

Jack sonrió. No podía imaginarse a su hermana más valiente de lo que ya era en realidad.

—¿Listo para remar? —preguntó Annie.

—Sí —respondió Jack, con un poco más de valor.

El viento comenzó a soplar con fuerza cuando Jack levantó el pesado remo por encima de la embarcación.

Luego lo sumergió en el agua. La corriente tenía tanta fuerza que le arrebató el remo de las manos.

—¡He perdido mi remo! —gritó Annie.

Jack miró hacia arriba. Había comenzado a llover. El cielo estaba oscuro. Una gigantesca ola entró por un costado de la embarcación.

El cielo negro se encendió de golpe con un rayo y un potente trueno lo hizo temblar.

¡Otra ola gigantesca estaba a punto de alcanzarlos!

—¡Nuestro momento más peligroso ha llegado! —pronunció Annie—. Jack, saca el libro del hermano Michael.

Jack tomó el bolso de cuero, sacó el libro y lo sostuvo firmemente por encima de la cabeza.

—¡Sálvanos, relato extraviado! —gritó.

Una vez más, Jack miró hacia el mar. Lo que vio lo hizo gritar.

La ola gigante que se acercaba dejó ver una serpiente marina, también gigantesca.

9

¡Monstruo marino!

La serpiente alzó la cabeza muy alto por encima del agua.

Jack se quedó paralizado.

—¡Es hermosa! —exclamó Annie.

El cuello de la serpiente era casi tan largo como una casa de dos plantas. Sus escamas verdes estaban cubiertas de baba marina.

—¡Vete de aquí! —gritó Jack.

—¡No! ¡Por favor, quédate! ¡Debes ayudarnos! —suplicó Annie en voz alta.

La gran serpiente se deslizó hasta el barco.

Jack se agachó de golpe.

—¡Vamos! ¡Tú puedes hacerlo! ¡Llévanos hasta la orilla antes de que el barco se hunda —rogó Annie.

Jack cerró los ojos. De pronto, notó que el barco recibió un brusco empujón y luego comenzó a deslizarse hacia delante.

Lentamente, Jack alzó la vista. Estaban desplazándose sobre las olas.

Cuando se dio la vuelta, notó que la gran serpiente empujaba la popa del barco con el cuello.

De pronto, el viento se calmó. Las nubes se disiparon y el sol volvió a brillar.

La costa rocosa ya estaba más cerca. Jack divisó la casa del árbol en la saliente del acantilado.

—¡Más rápido! —exclamó Annie mirando a la serpiente.

El enorme animal le dio al barco un último empujón y lograron llegar a tierra.

Con sumo cuidado, Jack guardó el libro del hermano Michael en el bolso de cuero. Luego, él y Annie se alejaron del barco caminando por la arena húmeda. Los dos a la vez volvieron la vista al mar.

La gran serpiente enarboló su majestuoso cuello hacia el cielo. Con el sol y mojadas, las escamas se veían de color rosa y verde.

—¡Adiós! —gritó Annie—. ¡Muchas gracias!

El monstruo sacudió la cabeza, como intentando devolver el saludo. Después, desapareció mar adentro.

Annie y Jack se encaminaron hacia las rocas. De repente, Annie se quedó sin habla.

—¡Oh, oh,! —exclamó, señalando hacia la cima del acantilado.

Dos vikingos los miraban fijamente.

—¡Rápido! ¡Vamos a la casa del árbol! —gritó Jack.

Los vikingos rugieron con furia y comenzaron a descender por las escaleras de piedra.

Annie y Jack corrieron por entre las rocas.

Subieron por la escalera de soga y entraron en la pequeña casa del árbol.

Jack agarró el libro de Pensilvania.

Annie asomó la cabeza por la ventana.

—¡Váyanse a su casa! ¡Dejen de causar problemas a los demás! —gritó Annie. Los vikingos ya estaban en la saliente del acantilado.

Sin perder tiempo, Jack señaló el dibujo del bosque de Frog Creek y dijo:

—¡QUEREMOS REGRESAR A ESTE LUGAR!

Justo cuando los vikingos estaban ya muy cerca, el viento comenzó a soplar.

La casa del árbol comenzó a girar.

Más y más rápido cada vez.

Después, todo quedó en silencio.

Un silencio absoluto.

10

Amanece

—¡Qué alegría llevar mis pantalones vaqueros otra vez! —gritó Annie, entusiasmada.

Jack abrió los ojos. Aún podía sentir la ropa un poco húmeda pero, al igual que su hermana, estaba feliz de tener sus viejos pantalones vaqueros.

—¡Bienvenidos a casa! —dijo Morgana, de pie en medio de la penumbra—. ¿Se encuentran bien?

—¡Por supuesto! —afirmó Annie.

—Hemos traído el libro extraviado —agregó Jack.

Agarró la mochila y sacó el libro del hermano Michael.

Con un suspiro de alivio, la hechicera acarició la tapa de brillantes colores.

—¡Una gran obra de arte! —exclamó.

Morgana colocó el libro junto al papiro romano y al libro de cañas de bambú de la antigua China.

—Me temo que el libro que tú esperabas no está completo —comentó Jack—. El hermano Michael no tuvo tiempo de terminarlo.

Morgana inclinó la cabeza en señal de aprobación.

—Ya lo sé —dijo—. Lamentablemente, sólo poseemos los fragmentos de muchos relatos maravillosos.

—¿De qué trata la historia? —preguntó Annie.

—Es un antiguo cuento irlandés acerca de una enorme serpiente llamada Sarph —explicó Morgana.

—¡Fue quien nos salvó al empujar nuestro barco en medio de la tormenta! —irrumpió Annie.

—¡Sarph era un monstruo enorme y horrible —agregó Jack.

Sonriendo, Morgana afirmó:

—¡A veces los monstruos pueden convertirse en héroes!

—¿Y los vikingos? —preguntó Jack.

—¡Oh, por supuesto que sí! Una vez que estos se establecieron dejaron de ser tan sólo un pueblo guerrero. Los vikingos dejaron un gran legado a la civilización —explicó Morgana.

—En nuestro viaje, Jack y yo conocimos una *civilización* —comentó Annie.

—¡Sí! —afirmó Jack—. En la biblioteca del monasterio.

Morgana volvió a sonreír.

—Esa biblioteca fue una luz en el camino durante las Edades Oscuras —comentó Morgana.

Jack asintió. Y recordó al hermano Michael y a los otros monjes haciendo los bellos libros a la luz de las velas.

—Quiero agradecerles a ambos por la valentía y el coraje que han demostrado. ¡Son dos verdaderos héroes! —declaró Morgana.

Jack sonrió tímidamente.

—Ahora regresen a casa y descansen —sugirió Morgana.

—¡Adiós! —exclamaron Annie y Jack a la vez.

Ambos bajaron por la escalera de soga.

El cielo comenzaba a tomar un color rosa y dorado.

Cuando Annie y su hermano pisaron el suelo del bosque, Morgana los llamó desde la casa del árbol:

—Regresen dentro de dos semanas. Aún queda otro libro más que deben encontrar.

—¿Adónde iremos? —preguntó Jack.

—A la antigua Grecia —respondió Morgana—. Allí existió una civilización muy avanzada. *Además*, allí tuvieron lugar los primeros juegos olímpicos.

—¡Guau! —exclamó Annie.

Jack quedó fascinado. Siempre había soñado con conocer la antigua Grecia.

Luego, ambos caminaron hacia la salida del bosque.

Cuando llegaron al porche de la entrada, el sol comenzaba a salir.

Annie abrió la puerta de la casa. Asomó la cabeza y se quedó escuchando por un momento.

—Todo tranquilo —susurró—. Creo que mamá y papá están durmiendo todavía.

Y entró silenciosamente.

Jack se dio la vuelta para contemplar la salida del sol; el cielo se veía claro y azul.

Y pensó que ese sol era el mismo que unos mil años atrás había salido en la tierra de Irlanda.

—¡Brilla, bendita luz del sol! —susurró Jack por lo bajo—. ¡En este día glorioso!

Luego, tratando de no hacer ruido, entró en la casa.

MÁS INFORMACIÓN PARA TI Y PARA JACK

1. En el siglo V, St. Patrick (San Patricio), convirtió a Irlanda al cristianismo. Los hombres de letras y los artesanos de todo el continente europeo recibían instrucción de los monjes irlandeses en sus monasterios.

2. Los monjes se dedicaban a realizar bellísimos manuscritos en los monasterios con el fin de plasmar en estos la gloria de Dios. La mayoría de los manuscritos eran de carácter religioso.

3. La civilización celta es conocida como el primer pueblo irlandés registrado por la historia. Antes de que los irlandeses fueran convertidos al cristianismo, estos practicaban el culto celta, lo cual dio origen a la mitología del mismo pueblo.

4. La gran serpiente marina, conocida con el nombre de Sarph, era una criatura de origen celta identificada con la Vía Láctea. Así como Annie y Jack no lograron rescatar la historia completa de

dicha leyenda, sólo es posible acceder a fragmentos de muchos cuentos de origen celta.

5. La palabra *vikingos* significa "guerreros". Los vikingos eran oriundos de Noruega, Suecia y Dinamarca.

6. En el siglo IX, los vikingos atacaron las aldeas costeras de Inglaterra, Escocia e Irlanda, llevándose con ellos a muchos pobladores como esclavos, además de sus tesoros.

7. Los vikingos fueron los mejores constructores de barcos de la época. El diseño de sus navíos guerreros les permitía desembarcar en cualquier tipo de playa.

8. Además de guerreros, los vikingos eran conquistadores. Con el tiempo se establecieron en Europa, donde comenzaron a dedicarse al comercio; ya no robaban mercancías sino que las intercambiaban. También, eran expertos artesanos.

No te pierdas la próxima aventura de
"La casa del árbol", cuando Annie y
Jack visitan la antigua Grecia y
son testigos de los primeros
Juegos Olímpicos.

LA CASA DEL ÁRBOL   #16

LA HORA DE LOS JUEGOS OLÍMPICOS

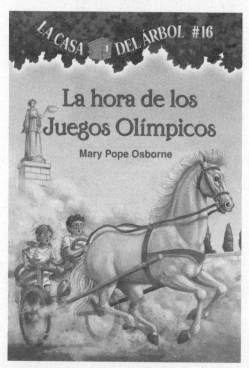

¿Quieres saber adónde puedes viajar en la casa del árbol?

La casa del árbol #1
Dinosaurios al atardecer
Annie y Jack descubren una casa en un árbol
y al entrar, viajan a la época de los dinosaurios.

La casa del árbol #2
El caballero del alba
Annie y Jack viajan a la época de
los caballeros medievales y exploran
un castillo con un pasadizo secreto.

La casa del árbol #3
Una momia al amanecer

Annie y Jack viajan al antiguo Egipto y se pierden dentro de una pirámide al tratar de ayudar al fantasma de una reina.

La casa del árbol #4
Piratas después del mediodía

Annie y Jack viajan al pasado y se encuentran con un grupo de piratas muy hostiles que buscan un tesoro enterrado.

La casa del árbol #5
La noche de los ninjas

Jack y Annie viajan al antiguo Japón y se
encuentran con un maestro ninja que los
ayudará a escapar de los temibles samuráis.

La casa del árbol #6
Una tarde en el Amazonas

Annie y Jack viajan al bosque tropical de
la cuenca del río Amazonas y allí
deben enfrentarse a las hormigas soldado
y a los murciélagos vampiro.

La casa del árbol #7
Un tigre dientes de sable en el ocaso

Jack y Annie viajan a la Era Glacial y se encuentran con los hombres de las cavernas y con un temible tigre de afilados dientes.

La casa del árbol #8
Medianoche en la Luna

Annie y Jack viajan a la Luna y se encuentran con un extraño ser espacial que los ayuda a salvar a Morgana de un hechizo.

La casa del árbol #9
Delfines al amanecer

Annie y Jack llegan a un arrecife de coral donde encuentran un pequeño submarino que los llevará a las profundidades del océano: el hogar de los tiburones y los delfines.

La casa del árbol #10
Atardecer en el pueblo fantasma

Annie y Jack viajan al salvaje Oeste, donde deben enfrentarse con ladrones de caballos, se hacen amigos de un vaquero y reciben la ayuda de un fantasma solitario.

La casa del árbol #11
Leones a la hora del almuerzo

Annie y Jack viajan a las planicies africanas.
Allí ayudan a los animales a cruzar un río torrencial
y van de "picnic" con un guerrero masai.

La casa del árbol #12
Osos polares después de la medianoche

Annie y Jack viajan al Ártico, donde reciben
ayuda de un cazador de focas, juegan con osos
polares recién nacidos y quedan atrapados
sobre una delgada capa de hielo.

La casa del árbol #13
Vacaciones al pie de un volcán

Annie y Jack llegan a la ciudad de Pompeya, en la época de los romanos, el mismo día en que el volcán Vesubio entra en erupción.

La casa del árbol #14
El día del Rey Dragón

Annie y Jack viajan a la antigua China, donde se enfrentan a un emperador que quema libros.

Mary Pope Osborne ha recibido muchos premios por sus libros, que suman más de cuarenta. Mary Pope Osborne vive en la ciudad de Nueva York con Will, su esposo y con su perro Bailey, un norfolk terrier. También tiene una cabaña en Pensilvania.